টুকরো টুকরো মনখারেপ

সুপ্রতীক চৌধুরী

Ukiyoto Publishing

All global publishing rights are held by

Ukiyoto Publishing

Published in 2024

Content Copyright © Supratik Chaudhuri

Cover Design by Vivek Mondal

ISBN 978-93-6172-635-4

All rights reserved.
No part of this publication may be reproduced,
transmitted, or stored in a retrieval system, in any form
by any means, electronic, mechanical, photocopying,
recording or otherwise, without the prior permission of
the publisher.

The moral rights of the authors have been asserted.

This is a work of fiction. Names, characters, businesses,
places, events, locales, and incidents are either the
products of the author's imagination or used in a fictitious
manner. Any resemblance to actual persons, living or
dead, or actual events is purely coincidental.

This book is sold subject to the condition that it shall not by
way of trade or otherwise, be lent, resold, hired out or
otherwise circulated, without the publisher's prior consent,
in any form of binding or cover other than that in which it
is published.

www.ukiyoto.com

উৎসর্গ

যারা সময়ে অসময়ে আকাশ কুসুম ভাবে, ভাবে আর
শুধুই ভাবে...

কথার কথা...ব্যাকুলতা

ছোটো থেকেই আমি বেশ বড়োদের মতো কথা বলতাম। সবাই বলত খুব নাকি জ্যাঠামি করছি। তখন বন্ধুরা হাসত, কলেজে ওঠার সময় সবাই একটু অবাক হয়ে শুনত। আরো বড়ো হয়ে ইউনিভার্সিটিতে পড়াকালীন সবাই গাল দিত; বলত 'জ্ঞানপাপী'। নিজের কথা নিজের কাছেই রাখ। কিন্তু কেউ যদি কোনো হেমন্তে পাতা ঝরা কোনো গাছের পাদদেশে একটু শান্ত ভাবে বসে কানে এসব কথা দেয় – বোঝা যাবে মনের কোনো গহীন অরণ্য থেকে চাপাভাবে এই কথাগুলো উঠে আসে। আমি নিমিত্ত মাত্র, এতে আমার কোনো হাত নেই। তাই চেষ্টা করলাম সেই সমস্ত তথাকথিত 'জ্ঞান' সবার মধ্যে বিলিয়ে দিতে। কেউ নেবে, কেউ ফেলে দেবে – আবার কেউ শুধুই হাসবে। জীবন, জীবনের মতই চলবে। পরের দিন আবার সূর্য উঠবে, রাতে চাঁদের আলো কাউকে কারো কথা মনে করাবে। এই বইটা হয়তো এক কোণে পড়ে থাকবে, ধুলো জমবে। তবু যদি এই বর্ণময় পাতাগুলো কারো জীবনের ধূসর পাতায় রঙিন রেখাপাত করতে পারে; তাহলে আমার এই বিষাদময় অক্ষরমালা পূর্ণতা পাবে। আর টুকরো টুকরো মনখারাপ থাকবে না।

|| মায়া ||

ঝমঝমে বৃষ্টির পর,
সোঁদা মাটির গন্ধ...
বালিকা, এত ঘৃণার পরেও –
তুমি এখনো তাকে, কেন
এত ভালোবাসো?

|| লোভ ||

আমরা এখন খুব ফেম লোভী, সবার জীবনে একটা ছাপ ফেলে যেতে চাই। মুশকিল হলো সেটা নেগেটিভ হলেও।

|| লড়াই ||

আমরা যতবার ধাক্কা খায়, ততবার মাটি ফুঁড়ে উঠে দাঁড়াই।

|| মেনে নেওয়া ||

যার যেটা ভবিতব্য তাকে সেটা করে যেতে হবে। ধূপের কাজ নিজে নিঃশেষিত হয়ে জগতে সুগন্ধ বিতরণ করা। এখন সে বেঁচে থাকব বলে কান্নাকাটি করলে তো হবে না। তাকে তার কাজটা করে যেতে হবে।

|| অভাগা ||

আমি ফুল হাতে ঘুরে ঘুরে মরলাম, কেউ নিতে এল না। শেষে ফুল বাঁচাতে বিষ কিনে আনলাম, এখন সবাই দোষ দেয় – আমি মৃত্যু বিক্রি করি।

|| ব্যর্থতা ||

আমি সারাজীবন তোমাকে চাইলাম, অথবা ভুলতে চেষ্টা করলাম। কিন্তু কোনোটাই পেরে উঠলাম না। এটাও কী চরম ব্যর্থতা না।

|| বাস্তবতা দুর্গন্ধ ছড়ায় ||

সাধারণভাবে বাঁচাই মুশকিল এই দুনিয়ায়। নইলে বিয়েবাড়িতে রোজ এত এত খাবার নষ্ট হয়, অথচ ফুটপাথের ওরা হন্যে হয়ে ডাস্টবিনে খাবার খুঁজে বেড়ায়, পায় না।

॥ সুযোগসন্ধানী ॥

আমরা উপহার দিই কাউকে কিছু দেওয়ার জন্য না; শুধু আমাদের শেষ অস্তিত্বটুকু তাদের মধ্যে বাঁচিয়ে রাখার জন্য।

|| হাঃ! মোহ ||

আমরা নস্টালজিক হই শুধুমাত্র কষ্ট পাবার জন্য।

|| ভালবাসা - সত্যি না মিথ্যা ||

যে পুরুষ তার ভালোবাসার জন্য চোখের জল ফেলতে পারে, তার ভালোবাসার ওপর সন্দেহ করা ভগবানের ও পাপ।

|| অসহায় জীবন ||

কালো, বিষাক্ত দুশ্চিন্তা সরাতে মানুষগুলো সিগারেট ধরায়।
আর একটু একটু করে মৃত্যুর দিকে আরও এগিয়ে যায়।

|| গ্যালারী থেকে চিৎকার সহজ ||

হারতে, হারতে; ভাঙ্গতে, ভাঙ্গতে দেওয়ালে পিঠ ঠেকে যাওয়া মানুষগুলোই বোঝে দেওয়াল আসলেই কতটা শক্ত।

|| প্রত্যাখ্যানও একটা সত্য ||

তোমাকে 'ভালোবাসি' কথাটা কখনই বলা গেল না। তবে হয়ত সেইজন্যই প্রত্যাখ্যানের অযান্ত্রিক ব্যথা সহ্য করতে হলো না।

॥ জড়ের বুদ্ধি ॥

তুমি জলের মতো স্বচ্ছ, পরিস্কার, খাঁটি দেখে ভালবেসেছিলাম। ভুলে গেছিলাম বেশী উষ্ণতা পেলে জল বাষ্পীভূত হয়ে উড়ে যায়।

|| গেঁয়ো যোগী ভিখ পায় না ||

জোড় করে যাকে রাখতে চাইলে, শত মিনতি উপেক্ষা করেও চলে গেল সে। অথচ দেখো যার সাথে তিন দিন অন্তর ঝগড়া হয়, এক মাস কথা বন্ধ থাকে; সে বছরের পর বছর থেকে গেল। মানুষ; তুমি কি মানুষ চেনো?

|| জেদে অহংকার, অহংকারে একা ||

আমরা সবাই সবাইকে বোকা ভাবি আর নিজেদের ঠিক। তারপর একদিন বুঝি আমরা নিজেরাই এক হদ্দ বোকা। কিন্তু তখন বোকামি ঠিক করার সময়ও থাকে না; থাকলে হয়তো অনেক সূর্যমুখী ফুটত।

|| বোকাদের সান্ত্বনা ||

বেঁচে থাকো বাকি সব ঠিক হয়ে যাবে।
জীবনের হাল ধরে রাখো, তুমি ঠিক দিগ্বিজয়ী হবে।

|| কিছু ব্যথা সারে না ||

তোমার সাথে সহস্র বছর পর দেখা হয়ে টের পেলাম হৃদয় এখনো একই ভাবে মোচড় দেয়। তাহলে অত খরচ করে হার্ট অপারেশন করে টাকাগুলো জলে ফেলা হলো!

|| মানুষ তুমি আগে মানুষ হও ||

তুমি সৎ, নৈতিক এজন্য গর্ব করো না। 'মানুষ' হিসেবে মানুষের এগুলো প্রথম বৈশিষ্ট্য।

|| শেষবেলায় শুরু ||

দুই লাইনে লিখি বলে তুমি আরও দাবী করো। অথচ এককালে কত কথা বলতে চেয়েছিলাম, তখন বোবা করে রেখেছিলে।

|| আলেয়ার জগত ||

অনলাইনে যত ছবি হেসে খেলে বেড়ায়, দিনশেষে তাদের নব্বই শতাংশ মৃত।

|| দোষ ||

আমরা আমাদের সবটা একজনের হাতে তুলে দিয়ে নিজেদের খারাপ থাকার জন্য নিজেদের দোষ দিয়ে মরি।

॥ প্রতিশ্রুতি ॥

সুনামি এলেও একসাথে থাকার কথা ছিল। অথচ সামান্য ঢেউকে **apocalypse** এর অজুহাত দিয়ে পালিয়ে গেলে। সুনামি কি আমাদের হৃদয়ে আসেনি?

|| আড়ালে রয়ে যায় যারা ||

প্রত্যেকদিন নিজেরা ভাঙ্গে, প্রত্যেকদিন নিজেদের গড়ে। কতিপয় মানুষ। আশ্চর্য, অথচ এঁরা শিল্পীর মর্যাদা পান না কেন?

|| কে কার কথা ভাবে ||

মানুষ ভাঙ্গলে যদি আওয়াজ হত, নিঃশ্বাস – প্রশ্বাসের মত অবিরাম আওয়াজের দাবানলে বসবাস করা আমাদের অভ্যাস হয়ে দাঁড়াত।

|| নিয়তির ধাঁধা ||

আমরা সবাই যখন ছোটো থাকি, একটা সময় বড়ো হতে চাই, বাবা দাদাদের মত বড়ো। কেন, কী জন্য? – সঠিক উত্তর থাকে না, কিন্তু বড়ো হতে হবে এটাই চিন্তা থাকে। তারপর যখন সময়ের খেলায়, কালবেলায় বয়স তরতর করে বেড়ে ওঠে – সত্যিই যখন বড়ো হয়ে উঠি; তখন বুঝে পাইনা এ কেমন বড়ো হওয়া? এমন তো হতে চাইনি! পৃথিবীতে এমন বড় **scam** আমার মনে হয় না কিশোর–কিশোরী ছাড়া আর কারো সাথে হয়। আর এ **scam** থেকে আজ অব্দি কেউ বাঁচতে পারেনি, পারবেও না।

|| নয় মিথ্যা আশ্বাস ||

পৃথিবীতে যত দুঃখ, কষ্ট, বেদনা তুমি পাচ্ছ, ভাবছ হেরে যাচ্ছ। মনে রেখো এসব কিছুর থেকেও জীবন অনেক অনেক বড়ো।

|| জীবন একটা চাকা ||

শোনো একটা সময় আমরা সবাই কাউকে না কাউকে পেয়ে যাব। তাদেরও একটা সময় কেউ না কেউ ভীষণভাবে চেয়েছিল, ছেড়ে না যাবার প্রতিশ্রুতি দিয়েছিল। তুমি সেই ভরসাটা রেখো।

|| স্বপ্ন মানেই ধোঁয়াশা ||

যত এই সব গদগদে ন্যাকা প্রেমের গল্প, কবিতা, গানের লেখক, কবি – সবাই এক একটা ধোঁকাবাজ। সব্বাই মিথ্যে মৎস্যকন্যার স্বপ্ন লেখে।

|| সময়ের ঝাপটা ||

কিছু কিছু অচেনা নাম্বার ফোনবুকে জায়গা করে নেয় হঠাৎ, হঠাৎ। এদিকে যেটা কালহীন হয়ে থাকার কথা ছিল, একটা সময় সেটা ফোনবুক থেকেই মুছে দিতে হয়।

|| অন্য মা ||

তুমি মায়ের মতো আগলে রাখতে রাখতে কখন সৎ মা'য়ের মতো একদিন রাস্তায় বের করে দিলে – আমি জানলামই না।

|| শয়তানের জন্ম ||

সবাই আমাকে অপবাদ দিল, যার যোগ্য আমি ছিলাম না। এবার অনেক অনেক টাকা কামাব ঠিক করেছি। সত্যি অপবাদের কাজও করব। কারণ, জানি টাকার চাদর থাকলে 'অপবাদ' রেইনকোট এ গড়িয়ে পড়া বৃষ্টির ফোঁটার মতো ধুয়ে যায়।

|| টুকরো টুকরো মনখারাপ ||

'Out of Side – Out of Mind' কথাটা আমিও শুনেছি।
যারা বলে তাদের কাছে আমার এক ক্লান্ত জিজ্ঞাস্য —
তোমাদের মন তোমাদের এত বাধ্য কী করে গো।

॥ ভুল বোঝাবুঝি ॥

বাড়ি ভাড়া নিয়ে থাকতাম। ভাড়া দিতাম, এটাই দস্তুর। তুমি এতদিন আমার মনের মধ্যে থাকলে, কিন্তু সেই ভাড়াও আমিই দিলাম যন্ত্রণার মাধ্যমে।

|| মন রে কৃষিকাজ জাননা ||

কর্ষণ যত হবে, মানবজমিন তত উর্বর হবে, তত ভালো ফলন হবে। মনে আঁচড় হৃদয় শক্ত করে।

|| কপালে নাইকো ঘি, ঠকঠকালে হবে কি ||

তোমার সাথে মহাকাব্য লেখার কথা ছিল, নিয়তির খেলায় অনুকবিতাও তৈরি হলো না।

|| সাইক্লিক ভুল ||

আমরা আত্মা ভুলে কায়ার পিছনে দৌড়ে জীবন কাটিয়ে দিই। কায়া বরাবরই মোহ, তার মাশুল দিতে হয় যন্ত্রণার দাঁড়িপাল্লায়।

।। পুরুষমানুষ ।।

যারা যত বোকার মতো কথায় কথায় হাসে, তাদের বুক চিঁড়লে দেখা যাবে নীল তিমির মতো বোকা বোকা কষ্ট লুকিয়ে আছে।

|| শেষ ঘুম ||

একদিন খুব ঘুম আসবে, চোখ টেনে আসবে, হাত, পা অবশ হয়ে যাবে তবু ঘুমাতে ইচ্ছে করবে না। এমনি সাধারণ দিন কিঞ্চিতেই নাক ডাকা শুরু হয়ে যায় অথচ আজ মনে হবে আর যেন কোনোদিন আপনার ঘুম না আসুক। কারণ আপনি জানেন এই ঘুমের পর আপনি আর কোনোদিন জেগে উঠবেন না।

|| বয়সকালের উপলব্ধি ||

অপূর্ণতাই প্রেমের মাধুর্য জিইয়ে রাখে, পরিণতির পর তো সেই থিস্তিখেউর।

|| মনে রাখা ||

তুমি ভেসে আসো মেঠো পথ বেয়ে
ঝরে পড়া শেষ আলোর বিন্দু ছুঁয়ে;
সারিসারি দিয়ে যারা যাচ্ছে, তাদের কাউকে ধরো –
ওরা আসছে আমার কবরে শেষ ফুল গুঁজতে।
চাইলে; তুমিও আসতে পারো।

|| তালগাছ ||

সারা দুনিয়া দূরছাই করল, কেউ পাত্তা দিল না। আমার বুনি তাদের সব্বাইকে বুড়ো আঙ্গুল দেখিয়ে বলে গেল, "আমার দাদাই হিরো।"

|| জোকার ||

সভ্য'র মুখোশ পরে যারা থাকে, তারা একদিন ঠিকই বেড়ায় নিজেদের নগ্ন রূপে। কিন্তু তা দেখে আর শিহরণ জাগে না, জাগে ঘেন্না।

।। ক্ষত কি ক্ষত সারায় ।।

বিষে বিষক্ষয় হয়? - কেউ মানে, কেউ মানে না। কিন্তু যন্ত্রণা দিয়ে যন্ত্রণার উপশম হয় বলেই হয়তো সবার হাত ক্ষত বিক্ষত থাকে।

|| কথা খেলাপী ||

তুমি না জেনেই আমার মধ্যে তোমার কতটা রেখে গেলে জানতেই পারলে না। সময় হলে শুধু ওটা জানতেই একবার এসো, কেমন?

|| মা ||

'মা' বলে একজন আছে জানো তো। ওর কাছে যাও, তোমার সব ক্ষত সেরে যাবে। সবারই যায়।

|| নিজের বোকামি নিজে সারাও ||

আমরা নিজেরাই কোনো ভুল মানুষকে মনে জায়গা দিই; ঘোঁট পাকলে ভাবি অন্যজন এসে সরিয়ে পরিস্থিতি ঠিক করে দেবে। নিজেরা নিজেদের ভুল মেনে নিয়ে নিজেদের শক্ত করতে পারি না। অবাক কাণ্ড!

|| সবচেয়ে কঠিন প্রশ্ন ||

'কাউকে সম্পূর্ণ ভাবে ভুলে থাকা যায় কীভাবে?' – জিজ্ঞেস করল একচক্ষু হরিণ।
– ওটা নিয়েই শেষ রিসার্চ চলছে, গম্ভীর গলায় বলল সর্বজ্ঞ পেঁচা।

|| মোক্ষ ||

এই যে মায়ার একটা বয়স আছে। এটা চলে গেলেই বোঝা যায় সব কিছুই মিথ্যে, মানুষ তখন সব কিছুতেই হাসে, মাথার ওপর দিয়ে চলে যাওয়া কথাবার্তা বলে, ঘুরে বেড়ায় যত্রতত্র। আমরা বলি পাগল।

|| খেলা ||

নিজের দিকে তাকালেই এখন একটা দমবন্ধ খারাপ 'ভাগ্য' ভেংচি কাটে। সে জানে তার করাল ছায়া থেকে মুক্তি পেতে তোমাকেই দরকার ছিল কিন্তু তার মাসতুতো ভাই 'কপাল' সুচতুর ভাবে তোমায় সরিয়ে দিয়েছে।

|| অদৃষ্ট ||

তোমরা আমায় পাথর করলে, সমাজ আমায় অন্ধকার দিল। এখন আমার সাথে ধাক্কা লাগলে তোমাদের কপাল ফাটে – সেই দোষও কি আমার?

|| ভয় ||

এ দুনিয়ায় সবথেকে ভয়ানক কী জানো?
– কী?
কিছু মানুষ অসম্ভব সঠিক ভাবে চোখ পড়তে পারে।

|| মানুষও সালোকসংশ্লেষ করে ||

সূর্যের আলো গাছ-গাছালিদেরই কেবল বাঁচায় না। কিছু মানুষ ও রোদ্দুরে প্রশ্বাস নেয়, ডালপালার মতো মনের কুঠুরিগুলো মেলে ধরে, বেঁচে থাকে।

|| পরিবার ||

যেখানে কিছু মানুষ একসাথে থেকে একটা মৃত দেহকে বাঁচিয়ে তোলে – ওটাকেই পরিবার বলে।

|| মায়াহীন, কায়াহীন ||

এই যে সব ক্ষত, ভুলবোঝাবুঝি একদিন সব মিটে যাবে, মিটে যায়। কিন্তু দুঃখের বিষয় সম্পর্কগুলোর আর গুরুত্ব থাকে না।

॥ দুঃখ জমে হয় খুশি ॥

মানুষের মনের দগদগে ক্ষতস্থানে যত খোঁচা পড়ে, মুখে তার তত বোকা বোকা হাসি ফুটে ওঠে। আমরা তাকে 'খুশি' বলে ভুল করি।

|| পরিহাস ||

পৃথিবীর সবথেকে বিদ্রুপপূর্ণ নিয়তি এটাই যে, কিছু কিছু মানুষ কাউকে এত ভালোবাসে, হয়তো তারা অত ভালোবাসা পাওয়ার যোগ্য নয়। আবার অপর প্রান্তে কিছু কিছু মানুষ এই দুনিয়ার আপামর ভালোবাসা পাওয়ার যোগ্য ছিল, কিন্তু তারা কারো স্নেহটুকুও পেল না।

॥ সুখ, দুঃখ - নিজের নিজের মতো ॥

জীবনে আসল আনন্দ কখন পাওয়া যায় জানো?
- কখন?
যখন কোনোকিছু না ভাবলেও, জীবন থেকে না চাইলেও সঠিক সময়ে সঠিক কিছু হয়ে যায়।
- উম্ম, আচ্ছা... দুঃখের ক্ষেত্রেও কি এই একই নিয়ম খাটে না?

|| ছোটো গল্প ||

"কিরে ওর খবর কী? কারো কাছে খবর না পাই তোর কাছে তো ওর খবর থাকবেই।" থেকে "ওঃ, তোদের তো আর কথা হয়না।" অব্দি আমরা আমাদের জীবনের ক্যানভাসে এক ছোটো গল্প পেরিয়ে আসি। রবি ঠাকুরের ভাষায় – "শেষ হয়ে হইলো না শেষ।"

॥ ছলনাময়ী ॥

যে শান্ত কালো চোখে, তোমার
শিশুসুলভ বোকামি দেখেছি;
তখন।
সেই একই পাথর চোখের গভীরতায় -
কসাইয়ের নিদারুণ নিষ্ঠুরতা অনুভব করছি;
এখন।

|| রিষ ||

তোমার আমার গল্পের সমাপ্তিতে
আজ অনেকেই খুশি –
Popularity এর হিংসেতে ওদের;
জ্বলে যাচ্ছিল টুঁটি।

॥ যা কিছু অলীক ॥

আমরা বরাবর আমাদের মিথ্যে কল্পনাগুলোকে মিথ্যে বলে সত্যি করে মেনে নিতে পারি না। কারণ নিজের সত্যি ভাবনাগুলোকে পরে মিথ্যা বলে মেনে নেওয়া নিজেকে অপমানিত করে।

|| উপহার ||

একদিন কেউ আসবে, তোমাকে জড়িয়ে ধরবে সব যন্ত্রণারা শান্তি পাবে। তুমি ধীরে ধীরে শূন্য থেকে আবার কখন পূর্ণ হয়ে গেছ বুঝতেও পারবে না।

লেখক প্রসঙ্গে

সুপ্রতীক চৌধুরী

সুপ্রতীক চৌধুরী, জন্ম ৭ই জুন ১৯৯৮ সালে পশ্চিমবঙ্গের বীরভূম জেলার রামপুরহাট শহরে। কিশোর বয়সে মায়ের দৌলতে পড়ার বই ছাড়াও অন্য বই পড়া শুরু। তখন থেকেই সাহিত্যের প্রতি ঝোঁক বিদ্যমান। রামপুরহাট জে.এল. বিদ্যাভবন এ বিদ্যালয় জীবন অতিবাহিত করার সময় থেকেই নিজের মত করে লেখালেখি শুরু। বর্তমানে তিনি কলকাতা ইউনিভার্সিটি থেকে গণিতশাস্ত্র নিয়ে মাস্টার্সে পাঠরত। সাথে চলে টুকটাক লেখালেখি। এখনো অব্দি বিভিন্ন মাসিক পত্রিকায় কবিতা, অনুগল্প প্রকাশিত হয়েছে।

www.ingramcontent.com/pod-product-compliance
Lightning Source LLC
LaVergne TN
LVHW041545070526
838199LV00046B/1840
* 9 7 8 9 3 6 1 7 2 6 3 5 4 *